KB260929

어머니와 이야기하는 귀하고 긴 이야기

기적이 흐르는 삶

The Life with Miracle

백림 자전적 시집

한누리미디어

국립중앙도서관 출판시도서목록(CIP)

기적이 흐르는 삶 = (The) life with miracle : 백림 자전적 시집 /
지은이: 백림, -- 서울 : 한누리미디어, 2010
  p. ;   cm

ISBN 978-89-7969-361-4 03810 : ₩7000

한국 현대시 [韓國 現代詩]

811.6-KDC4
895.715-DDC21   CIP2010000079

어머니와 이야기하는 거하고 긴 이야기

The Life with Miracle

백림 자전적 시집

기적이 흐르는 삶

어머니와 이야기하는 귀하고 긴 이야기

시인(詩人)의 말

데카르트는 '나는 생각한다. 고로 나는 존재한다' 고 했다.

나는 분명 존재하기 때문에 생각한다.

삶은 생각과 느낌의 연속 속에 있다.

시(詩)는 생각과 느낌을 글로 함축 있게 표현하는 예술이다. 바쁜 생활 속의 현대인은 다양한 생각을 하면서 삶의 의미를 찾으며 시(詩)를 사랑하게 된다.

나는 종종 생각을 시(詩)로 표현하려 했다. 비유(比喩)하고 역설(逆說)하고 해학(諧謔)하며 즐기기도 했다.

나는 여기에 평소 즐겼던 시(詩) 가운데 그냥 버리기 아까운 것들을 보아 보았다.

1부와 2부는 닥친 노년(老年)의 애환을, 3부는 나라 사랑을, 4부는 자서전(自敍傳)을 그리려 했다.

읽는 사람을 위하여 이해 곤란한 문구나 잘 쓰지 않는 언어를 피하고 국문법에 어긋나지 않게 표현하려 했다.

원래 천학(淺學) 비재(非才)하여 표현이나 어휘(語彙)의 선택이 서툴러 부끄럽지만 감히 용기를 냈다.

독자가 쉽게 나와 같이 함께 할 수 있으면 좋겠다.

이 시집(詩集)이 나오게 격려해 주고 도와준 분들께 진심으로 감사한다.

시(詩)와 나

나는 때때로 흥얼거리며
가슴 속 깊은 곳에서
시를 찾아본다

보기 좋은 떡이 먹기에 좋고
달거나 쓰거나
씹을수록 감칠맛 나는
말 따라 줄거리 따라 읽는 맛 따라
함께 나눈다면 좀 좋겠나

뒤엉킨 넝쿨을 애써 풀려고
갓난아기 옹알이를 아는 셈치듯
어지럽게 흐트러진 단어들을
풀리지 않는 미적분(薇績分)에
끙끙거려야 하나

발밑에서 살랑이는 복실이와
베란다 천장의 새 리라부리는
나와 같이 노래하며 곧잘 한때를 즐기는데

같이 장단 맞춰 노래하며 춤도 출 수 있는 시
수필 같고 산문 같은 시 나누고 싶다.

파란 글

가을이 가고 겨울이 와도
나는 봄을 오게 하렵니다

낙엽이 지고 가지가 앙상해도
나는 새싹을 나게 하렵니다

가로등이 꺼지고
달도 없고 별도 없어도
나는 파란 빛을 있게 하렵니다

스피노자의 말같이
내일 지구가 멸망할지라도
나는 오늘 사과나무를 심겠습니다

오늘도 하늘 멀리 멀리 날아가는 아지랑이 위에서
푸른 글을 쓰고 싶습니다

하남의 실버타운에서도
푸른 글을 쓰고 싶습니다

제1부 _ 독촉일랑 말게

제2부 _ 정(情)

제3부 _ 나라사랑

제4부 _ 사모곡(思母曲)

제1부 _ 독촉일랑 말게

안 갈 수 없는 그 길

여보게
지금 가고 있지 않나
독촉일랑 말게

먼 길 달려 왔으니
지친 다리 쉬어가며 가려 하네
숨 좀 고르며 가야 하지 않겠나

저기 좀 보게
봄바람에 머리 내미는 새싹의 힘 보게나
솟구치는 용틀임 소리 안 들리나
위대한 신비며
환희와 희열의 합창일세
한 번 더 그들과 함께 하고 싶네

죽죽 뻗으며 겁 없던 그 죽순 있지 않았나
비바람에도 고고하던 그 대나무 말일세
어머니가 늘 자랑스러워 하던 그 값진 이야기도
이젠 잊고 가야 하나

열한 번의 병실 창가의 한강이나
네 번의 찢어지는 119의 처절함도
세 번의 죽음에서 되살리면서도
누구 하나 독촉하지 않았네

여보게
아련히 가고 있지 않나
어차피 가야 할 길 아닌가
하나님 부처님 염라대왕인들 말릴 수 없는 그 길 말일세

갈 때까지 가려 하네
이곳 저곳 헛눈질이라도 하면서
좌로 우로 어깨 흔들며
지금 가고 있네

노트 : 사람은 생로병사의 소용돌이에서 살아가고 있어 나도 예외일
수 없다. 여러 가지 병세로 고통을 받다가 열한 번의 입원경력
을 가지게 되었다. (뇌경색 세 번, 급성심근경색 포함, 심장 관
상동맥 세 번 시술, 가슴뼈 골절, 척추 수술, 전립선비대증, 요
폐증치료) 그 과정에서 네 번의 구급차 신세를 졌고, 두 번 의
식을 잃은 경험 후 지금 생존하고 있다. 기적에 감사할 수밖에
없다.

내일이 있는가

나이, 다만 숫자인가
인생은 70이고
강건하면 80이라 하였다는데

나에게는 끊임없이 와닿는 말들이 있다
뇌경색, 급성심근경색, 고혈압 그런 말들……
어느 생명보험사의 선전문구로 알았는데
지금은
크고 넓은 산과 바다보다 더하구나

이름 모를 한 줌의 약들이
가쁜 숨과 조이는 가슴, 저려드는 팔 다리, 두통들이
나에게도 내일이 있느냐고 자주 묻고 있다

아파트 담 너머 쉼 없이 달리는 지하철과
아침마다 세탁물 걷어가는 인사성 많은 아줌마
요란스럽고 우직스러운 청소차는
어제와 오늘같이
내일도 있겠지

먼 곳의 하나님은 물어 대답 없으니
믿거나 말거나
가까운 동네 철학방에나 가
나에게도 내일이 있느냐고
언제까지 있느냐고
물어보고 싶구나

그러나
오늘은 있었다.

쭉쭉 뻗어 오르는 죽순

못 가져간 보따리

앞자리에 꾸부렁 할머니
쪼글쪼글 구겨진 얼굴에
몇 가닥 남은 하얀 면류관 쓰다듬고
흐뭇한 미소로
차문 앞에 서성거리네
내릴 곳이 가까웠나 보다

말린 고추, 강냉이와 호박 한 덩이
이고 갈 보따리를 챙기는데
왈칵 서는 차에 흔들려
아차
황급히 내렸네
이고 갈 보따리 놓아두고
짚고 갈 지팡이마저도

잠깐 사이
고함 지를 기력도 없이
멀어져만 가는
차 뒷모습만 보고 있네

기다림

무더위에 찌들리면 가을을
추위에 시달리면 봄을

봄볕은 싹 트기를
가을볕은 단풍들길

젊은 엄마는 아이가 자라기를
할머니는 손자 오기를

환자는 회복되기를
약자는 건강하길

늙은 나는
무엇을 기다리나

산다는 건 기다림인데
대리모는 없나

내일이 있나

친구야

이게 어쩐 일인가
땅만 보고 가는가

푸른 하늘만 보며
영웅호걸
두주불사(斗酒不辭)
천하한량 자처하지 않았더냐

허리도 못 펴고
지팡이에 기대어
허연 머리에
쓰러질 듯
걸어가는 친구야

지금에야 알았느냐
땅이 있음을
그래도 오래 산다니

허공

무엇이 급해서
왜 그리
서둘러 갔느냐 친구야

서울시장배 장년 정구대회에서
두 번이나 우승하여
다른 사람에 기회 줘야 한다고
더 출전하지 말라고 만류 받기도 하고

삼개월 수영 강습에
인명구조 자격증 받고
골프 싱글에 항상 장타 치지 않았더냐
너도 장타로 길게 좀 숨 쉬지
왜 그리 급히 갔느냐

내 뒤로 천천히 오리라 했는데
심한 통증에 시달려 가며
불치라 하였느냐
봉화 마을의 부엉이 바위가 생각났더냐

너 장례식장에는
허공만 보이더라

(2009. 06. 박창식 장례식장에서)

지하철 노인석

서글픔에 저려 있나 봐
눈 뜨고 있나 감고 있나
울고 있나 찡그리고 있나
원망하나 탓하는 거냐

오랜 세월
살벌한 세풍에
시달리고 또 시달려
꾸겨 버려진 휴지 조각 같은 주름살에
어지럽게 낙서한 굵은 매직펜 자국
그 얼굴에
잃어버린 웃음
밝게 되찾아 줄 수 없나

지하철 노인석

고물차

수영장에서
뒤쫓아 오는 젊은이가
자리를 비켜 달란다

여기
털렁 털렁거리고
느릿느릿거리는
고물차가 있단다

엔진 세 번
라지에타 세 번
바디 네 번
헤드라이트, 폰, 바킹, 코팅, 마후라까지
수리 안 한 곳 없는 차다

오랜 정이 담뿍 들어
갈고 닦고 또 닦고
그 차를 폐차장에 보내고는
한동안 무척 우울했는데

역시 오래된 차는
수리하고 또 수리하여
고장난 비행기 타듯
살살, 조마조마
폐차장에 갈 때까지
손 보며 가야 한다

독백

곳간 지붕에 드러누운
크고 단단한 새끼들을 거느린 박
"나 갈 때 되었다"고
마른 목줄 흔들며 신음하는데

저 높이 뜬 해나
어둠 밝히는 달이나
반짝이는 별도
옆에 같이 누운 박 새끼조차도
아는지 모르는지

섭섭함도 아쉬움도 모두 내다버리고
숨겨워 하는데
곁에
술렁이는 바람만
시계침과 같이 흔들고 있네

겨울이 오는 소리

은행 잎
파라다나스 잎
아스팔트에 구르는 소리
으스스―

나뭇가지 신음하는 소리
뿌리 흔들리는 소리
한숨 쉬는 소리
으스스―

길 밟는 소리
우수에 젖은 소리
주름살이 굵어지는 소리
온 세상에 넓게 퍼진 소리
으스스― 뿐이구나

열매

나무들이
문밖 외출 없이
한 곳에 머리 숙여 매여 있는 이유를 알겠다

비바람도 땡볕도 피하지 않고
한 자리에 붙박힌 이유를 알겠다

이곳 저곳 갔다 왔다 안 하고
이것 저것 기웃기웃 안 하고
맛이든 냄새든 빛이든
혼자 갈고 닦고 있구나

한 점의 달력

어제 토요일이었는데
오늘 또 토요일이네

어제 한 장 넘겼는데
오늘 또 한 장 넘기네

어젠 푸르름이 만끽했는데
오늘 앙상해졌네

가을아 넌
슬며시 왔다가
슬며시 가버렸나

어젠 초롱초롱했는데
오늘 몽롱해졌나
눈 귀 몸통 다

마지막 남은
한 점은
언제 넘어가나

보내주마

벌써 가려느냐
온다고 반겼는데
길게 머물지도 않고
또 쫓기느냐

하얀 드래스 곱게 입고
한껏 모양내며
마중나왔던 그 코스모스가
꺾기는 허리 안고
흘기는 걸 모르느냐

쪽방에서
두꺼운 옷 못 갈아입어
내뿜는
그 큰 숨 소리를
또 들으려 하느냐

너 온다고 반겼는데
잠시 갔다 온다니
보낼 수밖에

기다리며
또 기다리며
샘 마를 때까지

한 번만

다들
속여도 좋다
망가트려도 좋다
토막내도 좋다
비웃어도 좋다

누군들
말리지 마라
추락한 KF-16이라도 타련다
오늘 한 번이라도 칠색 무지개 타련다

산다는 것은
어차피 주사위 던지기 아닌가
크게 한 번 숨 쉬고 싶다

(2008. 5)

제2부 _ 정(情)

정(情)

귀하고 소중했는데
지금은 쓸모 없어졌나
여기 저기 던지고 있게

돌아보는 이 없어도
눈여겨보는 이 없어도
적은 메아리도 없는데도
아무런 미련 없이
멍하니 텅 빈 채로
여기 저기 마구 던지고 있네
아니 칠칠맞게
질질 흘리고 있네

그냥 버리고 싶은 것은 아니지만
누군가에
다 주고 싶다

한 조각 남은 정(情)

한 조각 남은 情은
누군가에게 주고 싶다

마주치는 눈길
맑은 미소나 따스한 입김
부드럽게 건네는 말 한 마디
그것만 있다면
누군가에 주고 싶다

한 떼의 철새 같은 가슬 속에서도
홀로 선 선인장이 되어
갈 곳 찾는
한 조각의 情을 지팡이 삼아
오늘도 헤매고 있다.

말 벗

하 많은 세상 속에
긴 긴 날의 이야기를
말하고 듣는
말벗을 그려 본다

웃고 울던
가슴 조이며 슬며시 미소짓던
그리고
이리 저리 흩어졌던 삶의 이야기를
아직 나에게도 되새기지 못한 그런 이야기들을
하늘 높이 날린 연에 얹어
밤이 아침이 되도록
때로는 눈빛으로
때로는 숨결로
말하고 듣는 그런 말벗을 그려 본다

우리 엄마

할아버지
우리 엄마 아세요
저기 빨간 포장마차
우리 엄마거예요
엄마 솜씨 짱이에요
떡볶기, 튀김, 어묵도 있구요
사람들은 너무 맛있대요

이 운동화 엄마가 사준 거예요
이 필통도요
난 자랑 많이 했어요
친구들이 무척 부러워 해요
"넌 좋겠다"고

옆에 그릇 닦는 사람 우리 아빠예요
얼굴은 검고 몸은 말랐어도
참 멋있어요
엄마는 뚱뚱하지만
아빠는 엄마가
이 세상에서 제일 예쁘데요
"엄만 황금알 낳는 오리래요"

속아리

연못가의 개구리
연꽃잎에서 햇빛 쬐며
이쁜 새끼 셋 두었다고 자랑했는데

큰 놈은 동네 과부 서방질에 푹 빠져 꽥 꽥
둘째 놈은 먼 연못에 새끼 두고
못 나는 기러기 아빠라고 하더니
개와 괭이 키우며 꽥 꽥
다음 놈은 언제나 배고프다고
엄마 불러대며 꽥 꽥

늙어 허약한 어미 개구리
근심 걱정 속에서
나 어떡하라고 꽥 꽥

어느 노인의 푸념

뭐, 사랑이요?
그거 유치한 겁니다
왜냐구요
때 지나갔으니깐

뭐, 사랑이요?
그거 귀찮은 겁니다
왜냐구요
번잡하니깐

또 뭐, 사랑이요?
그거 징그러운 겁니다
왜냐구요
감당하지 못하니깐

그러나
사랑은 매우 소중한 겁니다
왜냐구요
아름다우니깐

사람들

저기
사람과 사람들
여기
사람과 사람들
수많은 사람들 속에
울음이 있고 웃음이 있고
슬픔이 있고 기쁨이 있고
실망이 있고 희열이 있네

사고 팔고
댕기고 밀치고
치고 박다가
죽는 사람
사는 사람
모두가
함께 사는 세상
그래도 즐거운 세상이지

이승이 저승보다 낫다 하지 않나
왜 죽나

용기 없어 못 죽고
비겁하지 못해 못 죽는데
할 수만 있다면
사람들 속에서 살아야지

바닷가의 사연

파도가 철썩 철썩
하얀 모래를 곱게 쓰다듬고
부드럽게 정성스레 빗질하고 있다

쉬지도 않고
싫증도 안 내고
짜증도 안 내며
왈스 스텝에
경쾌하게 춤추고 있다

아침 햇살에
불그레 상기한 그 모랫가를
예쁘게 예쁘게
또 다시 쓰다듬고 있다

간밤에
이름 모를 바다 새들이 먹이 줍는다고
터벅머리 녀석들이 조개 줍는다고
무수히 어지럽힌 바닷가를
그 흔적

말끔이
없애고
맑은 태평양의 작은 물고기가
투명한 살갗을 근지리듯
해맑간 소녀의 미소로 화장케 한다

그 곳 지나가는 바닷바람은
그 곳 모래가 하도 예뻐서
지난 밤도 오늘과 같이 예뻤다고
선녀와 같이
사랑을 하고
멀리 멀리
넋 잃고 낙원을 날았다

지금은 자기 발자국만 남겨졌지만
파도가 또 쓰다듬어
정성스레 빗질하고 있다

신비(神秘)의 미(美)

에베레스트 산 설경(雪景)이 아름답다 한들
금강산과 설악산 두 봉(峰)이 절경(絶景)이라 한들
이 봉(峰)만 못하리

바람결에 쌓인 사하라 사막의 구릉이
두 줄기를 이루며 부드럽다 한들
이보다 못하리

선녀가 노닐던 깊은 계곡
위대한 생산의 보고(寶庫)
신선(神仙)이 넘치며
모나리자의 미소(微笑) 가득한
영원한 신비(神秘)가 숨 쉬는 곳
아름다움의 극치(極値)

춘녀

오백만원 받았다는데
천만원도 받았다는데
얼마 받을 수 있나

짙은 색을 바를까
엷은 색
붉은 색
분홍색
좀 검은색

홀로 끼니 메꾸는 식은 밥
매월 걱정되는 방세
지겹게 게을러진 손길로
몇 안 되는 옷가지 매만지며
나도 팔아볼까

찬 겨울이 순식간에
화사한 봄이 될 건가

눈가에 웃음 지으며
감았던 눈을 지그시 뜨며
메니큐어를 바른다
지워버려야 하나

쟈니

하얀 털의 조그마한 마티즈
너의 이름은 쟈니였다
내가 불러 준 이름이다.

좋다고 미친 듯이 흔드는 짧은 꼬리며
매달리고 안기고
졸졸 따라다니던 너

새까만 큰 눈동자는
사랑해달라고 애걸하는
어쩌면 애처롭게 보이기도 했던 너

밤이면 슬며시 내 곁에 와서 잠자고
내가 기침이라도 하면
걱정스럽게 쳐다보던 너

너와 헤어지지 않으려 했지만
너를 보내고 나니

이 세상에서 너만큼 사랑스럽고
정든 적은 없었다

너는 지금 나를 잊었겠지만
나는 너를 잊을 수가 없구나

생명

거실의 한 구석 작은 어항에
열대어 스무마리가 유영하고 있다

아침에 저녁에 밥달라고 안달 안달
주는 밥을 서로 먼저 많이 먹겠다고

연약하기 비할 데 없는데
좁은 공간에서도
서로 서로 다투기도 하고
쫓기고 쫓기기도 하고
사랑도 하고 기쁨도 누리고
생명의 활력을 맘껏 날갯짓한다

오늘도 어제와 같이
다들 살아있으니 정말 고맙구나
날 보고 오늘 살아있으니 고맙다고 하는 것과 같구나

이 아침에
보일 듯 말 듯한 새끼 한 마리 나타났다
새 생명이 등장한 것이다

조심스레 어둠 한 구석에서 겁먹고 있네

그 귀한 생명
길이 길이 살아달라
연약하지 않고
강하게 살아다오

어머니

열달 밤낮이 짧다 하며
뱃속 깊이 깊이 간직하여
심장 만들고 폐 만들고
눈귀 만들어 주신 그가
바로 창조주 하나님임을 왜 몰랐을까

배 고프면
목 마르면
피곤하다 잠이 오면
톡톡 채워 주신 그가
바로 구세주 하나님임을 왜 몰랐을까

늙어 늙어 이 세상을 떠나는 날까지
걱정 또 걱정
제 살 도려내듯 눈물로 지새우며
숨 멎어 기도하시는 그가
바로 구원의 하나님임을 왜 몰랐을까

떠나시면
목 쉬도록
부르고 불러본들
누가 대답해 주겠나

비 오는 날의 추억

장대비가 퍼붓는
어둠이 가시지 않은 아침
우산 바쳐 들고 걷고 싶었다

태풍 '모라꽃' 영향으로
대만과 중국 남부가 통곡하고 있단다
큰 호텔이 통째로 엎어졌고
4층 건물이 흐르는 큰 물에 떠내려 가고
이재민이 수백만이라고 하는 큰 비인데도
밖으로 나가 걷고 싶었다

지금은 먼 옛날이 되었지만
많은 비가 올 때도
장충동 집에서 남대문초등학교까지 충무로 길로
우산 바쳐 들고 씩씩 걸어 다녔다

내 우산은 살 하나가 부러져
한 쪽 어깨며 팔 하나는 푹 젖고
바지는 물에 빠진 생쥐가 되었고
신발은 신은 채로 한강을 건너 온 것 같지만

즐거워하며 걸어 다녔다

서울중학교 1학년 때였다
몽당연필을 아껴 쓰는 내 짝꿍은 그것도 없었다
내 것 주고 싶었는데 여분이 없었다
지금도 생각되면 마음 한 구석이 씁쓸하다
삼사십년 전 그 친구
신사동에서 한 번 만났었는데
지금 한 번 만나고 싶구나
얼마나 늙었겠나

오늘 푹 젖어 보고 싶구나
옛날을 되새겨 보게

니나야

세월이 길다 한들
흐르며 짧아지는데
젊음이 넘친다 한들
곧 시드는데
배우며 가르치며
가는 시간 붙잡고
그 얼굴에 미소짓는
너의 이름이 니나였나

인물이 아름다워서가 아니라
몸매가 멋이 있어서가 아니라
역동적이고 의지적인
인생의 멋과 맛을 함께 누리고 있으니
너야말로 아름답구나
니나야

제3부 _ 나라사랑

DMZ : GP

일제 식민지에서 벗어났지만
허리는 38선이 두 동강으로 나뉘고
피비린내 나는 6·25 전쟁을 치루고는
이름도 생소한 군사분계선이
또 허리를 두 조각으로 만들었다

군사분계선을 중심으로 사람이 살지 못하는 곳 비무장지대
그 중앙에 북쪽 2킬로, 남쪽 2킬로를
태초의 원시적 불모지대로 만들어 나누어져 있다

그곳은
장끼와 까투리가 새끼 키우며 한가롭게 지내는 곳
멧돼지와 노루, 그리고 이름 모를 산새들만이 노니는 곳
졸졸 흐르는 시냇물 소리와 풀 날리는 바람 소리만이 존재하는 곳
무척 평화스럽게 보이지만
무척 살벌한 곳
남과 북이 서로 노려보는 죽음의 투쟁터
탕— 탕— 탕— 소리가 적막을 깨며 엎드리는 곳

그곳에 24살의 젊은 육군 소위가

GP장이 되어 일개 소대와 같이
생명을 담보로 나라를 지키고 있었다
약 7백미터 앞에 적의 GP가 도사리고 있고
100리 앞에 함흥이 있다

적은 느닷없이 소대장 목 자른다며 대드는데
화염방사기가 보복으로 잿더미로 만들기도 한다
GP는 일곱겹의 철조망과
다가서면 바로 폭음을 내는 크레모아가
임계철선으로 연결된 부비츄랩이
경계병의 친구 세파트와 같이 밤낮 지키고 있다

GP장으로 부임하는 날
부임을 축하하는 의미로
철모 두 곳에 따뜻한 물로 발을 씻기는 부하들이 있어
새로운 세계가 있었다
책임지역 순찰 때면 소대장을 중심으로
전방 50미터 후방 50미터에 경계병이 나가고
무전병 호위병 등 10명의 일조가 되어
일체 된 생명의 진한 전우애가 서로를 보호한다

생명수는 700미터 산 밑까지 병사 7~8명이 내려가
약 5시간이 소요되는 급수작전으로 해결되는 아주 귀한 물인데
병사들은 소대장을 위해
담뇨로 사방을 둘러 목욕실을 만든다

GP 근무자의 대우는 거짓말이라 할 정도였다
소위 봉급은 4,000원인데
GP 수당은 월 18,000원이었으니
6개월 후 휴가시는 모두가 부자가 된다
휴가시 필수품으로 미제 작은 장화가 2개씩 지급되는데
병사들은 부족하다 하고
귀대할 때면 군의관이 바빠진다

식사는 GP 근무자 특식이며
그 외 매일 건빵 한 개, 미제 담배 열갑들이 한 보루,
화랑 담배 삼십개들이 한 보루, 제리 사탕 한 봉지 등 대단한 대우다
젊은 소대장도 그때 담배를 배우게 되고
소비를 위해 피우지 않을 수 없었다

GP 요원은 전원 고졸 이상의 우수한 병사로 구성되어 있다

다른 일반 수색소대는 42명의 소대원중
중졸 이상의 병사가 단 1명에 불과하고
그중 반은 무학자라 휴가시 집 못 찾아가기 때문에
동행하는 병사가 있어야 했다

적막을 깨는 소리
탕— 탕— 탕—
긴장이 감싸는 곳 GP
이곳이
나라를 지키는 최전방이다
지금도
이곳에 우리 귀한 젊은이들이 나라를 지키고 있다
참으로
젊은 군인들 장하고 감사할 따름이다
그대로 인해
국민은 마음 든든히 잠 잘 수 있다

문둥리 GP장

보훈병원

6·25에 다급해진 이 나라를
고귀한 젊은 피와 생명으로 살려낸 거룩한 이들
지금은 너무 늙어
꾸부정 지팡이에 의지하고
비틀비틀 그 모습에
그래도 전우의 희생을 새기는 훈장과
의연이 유공자임을 자부할 터인데
굽신 굽신
눈치 살피고 있으니

철없는 젊은 의사들 간호사들
나라의 수호신의 고마움을 몰라서인지
건들건들
거칠고 무절제된
못 마땅한 시선이
몸도 성치 못한 이들이
마음마저 쓰리게 할까 두렵구나

초병

까욱— 까욱
옛 포성(砲聲)이 여적(餘滴) 남아 있는 곳
굶주려 넋 잃은 까마귀가
옛날의 젊은 고기를 찾아
초병의 머리 위를 배회하고 있다

커다란 포탄 피(皮)를 옆구리에 꼭 끌어안은 고목이
그날의 젊은 고귀한 피의 유언을 말없이
낱낱이
후손에 전하고 있다

이곳 고지에서
저곳 계곡에서
젊은 얼들이 목메어 소리 없이
충성을 고하다가
피를 토하며 간 원혼이 잠든 곳
지금은
찾아주는 이
까마귀뿐

수풀로 뒤덮인
조용한 산하는
초병의 눈을 더욱 부릅뜨게 하고
내일의 조국을 위해 응시하고 있다

꼴뚜기

바늘 도둑이 소도둑이 된단다
제발 소도둑이 되어서는 안된다

위장전입은 사과 한 마디로 면죄되고
병역기피는 변명하면 면죄되고
부동산 투기는 아니라면 면죄되고
탈세는 지금 냈다 하면 되고
엉터리 복제 논문은 어물쩡 넘어가면 되고
뇌물은 후원금이라면 되고
남의 돈은 자기의 권력 돈으로 알고 있으니
고관대작들의 범법(犯法) 백화점
그 쇼윈도 참 화려하다

벌 받고 콩밥 먹고도
뻔뻔히 큰 소리치며 출세하니
그 마음 깊은 곳에
앞뒤 분간할 수 없는 흙탕물로 채워져 있으니
무엇 묻었으니 겨 묻은 녀석 나무랄 수도 없겠지

아니야
몇몇 마리 흙탕물 휘젓는 미꾸라지 이야기겠지
몇몇 마리 어물전 망신 주는 꼴뚜기 이야기겠지
화려한 백화점에 진열 안 된 것도 있겠지
제발 소도둑이 설치지 말아야 한다

사전(辭典)에 없어진 용어를 살려야 한다
옳고 바르다는 용어와
정직이니 정의니 청백리니 준법이니
그런 용어들을

*고위적 청문회 장면을 보면서

별일 다 있네

머리 둘 달린 뱀이 있었다네
다리 셋 달린 사슴도 있었다네
여섯 쌍둥이 낳은 아줌마도 있었다네
참 별일 다 있네

건국의 아버지는 하와이로 쫓아내 죽게 하고
역사 이래 가장 크게 나라를 만든 어른은
독재자로 몰리다가
케사르처럼 심복의 총에 맞아 죽었다네

길 가다 황금알 주운 어른은
공으로 밥 세끼 잘 먹고 지냈고
그것도 한 어른도 아니고 두 어른이나 그랬다네

큰 어른 자식이라며 소리치며 멀쩡한 생돈 탐내다가
오랏줄이 뭔지도 모르고 차고는
아직도 큰 소리치고 다닌다네
그것도 하나도 아니고 둘도 아니고 셋씩이라네
별일 다 있지

적인지 아군인지 분간도 못하고
마구 퍼 주면서 요란 떨더니
떳떳치 못하게 용케도 세계적 유명 상을 타고는
곳곳에 기념관을 지으며
호강하며 지내다가 죽으니
분에 없는 국장을 떵떵 치르었으니 별일 다 있지

양아치 말썽부려가며 사기꾼인지 아닌지 아리 달송하며
온 동네 시끄럽게 굴더니 어른이 되고
스스로 죽었는데 더 요란하니 별일 다 있지

요란 떨고 잔재주 부릴 줄만 알면
다 큰 어른 될 수 있으니
애들아! 너도 한 번 해 보렴

앞으로도 별일 있으려나
머리 셋 달린 뱀도 나오고
다리 다섯 달린 사슴도 나오고
일곱 쌍둥이 난 아줌마도 나오고

*외국여행중 외국인의 비아냥 소리 듣고

내 나라 참 이상한 나라

나는 대한민국을 다 받쳐 사랑한다.
내 나라 내 조국 내 동족이 사는 곳이니깐
동족이라고 모두를 사랑하지는 않는다
북의 동족도 내 동족이니 사랑해야 한다
그러나 그들을 괴롭히는 그 무리는 내 동족이 아니고
적이다

세계 역사상 찾아볼 수 없는 희대의 범죄 조직이 있다
위폐, 마약, 착취, 온갖 못된 짓만 골라 하는 집단
수많은 동족 희생을 강요한 6·25 전쟁을 도발한 집단
저 멀리 외국땅 아웅산에서 만행한 집단
무고한 노동자를 몰살시킨 KAL기 폭파
수없이 남파시킨 테러들의 양민 학살
도저히 용서할 수 없는 집단
분명히 없어져야 할 우리의 적이다

피아(彼我)를 구분 못하는
못된 집단을 탓하지 않는
우리 주변에 멀쩡한 지능 장애인이 도처에 있다

내 나라 참 이상한 나라다
별난 사람 다 있는 나라다
우민(愚民) 상대로 사기극 벌려 대통령이 될 수도 있는 나라
배신과 거짓으로도 떳떳, 뻔뻔 지낼 수도 있는 나라
탄핵(彈劾)에도 부끄럼커녕 거드름 피우며 지낼 수도 있는 나라
나라 걱정, 국민 걱정, 한 번 안 하고
물 난리, 산불 난리, 그런 걱정 한 번 안 하고
서민 서민 부르짖으며,
양극화 양극화 외쳐가며
10원 한 장 안 쓰며 치부할 수도 있는 나라
무지, 무능, 무식, 무경륜, 엉터리라도
전직 대통령 예우에 관한 법률로
평생 호의호식 지낼 수도 있는 나라
대통령 인사권은 제멋대로 하는 것이라 생각하는
그런 것 이상하다 갸우뚱하는 사람도 없는 나라

거짓말, 말 돌리기, 말 둘러치기, 책임 회피 능하고
사기성 특출해야 출세할 수 있는 나라
나라 어지럽히고, 국민 선동 앞장서야
유능한 정치 지도자라 생각하는 사람 많은 나라

지도교수가 논문 한 번 안 보고 학위 주고도
교육 부총리 하겠다는 사람도 있는 나라
통일이 무엇인지, 왜 필요한지,
사리분별 못하는 저능아(低能兒)가 교수 출신 장관이라는 나라

있는 색깔 없다는 색맹(索盲)이 있고
테러, 위폐, 마약, 거대 조폭을 당당이 지지 옹호하고
돈벌이 한 번 안 하고
반골운동, 시민운동, 민주화운동 외치며
잘 살아가는 사람 많은 나라
노동자가 아닌 사람이 귀족이 되며 할 일 없어
노동운동 해야만 살아갈 수 있는 사람 많은 나라

선생님이 노동자라며 애들 교육 뒷전하며
전교조(全敎組) 만들어 반골운동 한다며 이상한 짓하고
공무원이 노동자라며 국민의 공복 노릇 안 하며
전공조(全公組) 만들어 엉뚱한 짓하는데
가정주부 노동자라며 전주조(全主組) 안 만들고
경찰, 군인 노동자라며 전군경조(全軍警組) 안 만드니
그것 또한 이상하다 해야 하나

법률 공부했다고 무지(無知)한 사람에 거드름 피어가며
쌈지돈 뜯어 치부할 수 있는 사람 많은 나라
사리(事理)도 구별 못 하고도 법복 입고
뇌물 받아 재판하는 사람도 있는 나라
판 · 검사는 으레 부자라 생각하는 사람 많은 나라
처가(妻家) 덕분에 부자되었다 둘러대는 사람도 많은 나라

민원(民願), 인허가(認許可)
돈 주고 받는 것
이 모든 것 관례(慣例)라 생각하는 사람 많은 나라

양화(良貨)는 악화(惡貨)에 구축(驅逐)되고 있나

썩은 살, 못쓸 부위 도려내려면
아픔을 참아가며
훌륭한 그런 지도자 만나
불안, 불만, 불편 없이 잘 살 수 있고
그런 날 만들 수 있는 방법 없나

말만의 개혁 말고

피 흘리는 혁명이나 전쟁 말고
그런 방법 있다면 얼마나 좋겠나

(2006년 8월)

맹호사단 제1연대 근무시절

어느 정년(停年)의 독백(獨白)

정치 보약 먹고 속성한 젊디 젊은 이가
당선되었다고 내 앞에 왔네
내 바로 위로

이 일 저 일 다 겪은 세월이
어느덧 책상 밑 쓰레기통에
순간 순간 꾸겨져 버려 나가는데
새로 온 젊은이가 새 것이라 하네

오늘 따라 부엌 한구석 아내가 더욱 안쓰럽고
눈덩이처럼 부어 오른 등록금에 짓눌린 큰애
용돈 탈 작은 애는 눈치만 보는데
막내는 책가방 메고 신나 뛰어 나가네

오늘도 새 젊은이 앞에서
맹물만 먹고 자랐으니
"네 네" 해야 하면서
흐르는 새 물에
발 담귀야겠지

다 그런 거 아닌가

해산하라

교과서를 바꿔야 한다
정당은 정권 쟁취를 위해 존재한다를
정당은 국가의 발전과 국민 복지를 위한
정책으로 경쟁하기 위해 존재한다고

정권 탈취를 위해
온갖 교묘한 방법으로 피법(避法) 행위에
기만(欺滿)과 사기(詐欺)도 존재하고
재선(再選)만을 위하여
진심이 없는 쇼도 서슴없이 연출한다

투표방해니 대리투표니 폭력 국회니
그것 어느 나라 말인가
온 나라를 혼란스럽게 하는 그런 행위가
입법부인 국회에서 난무하다니

조폭 집단의 이권을 위한 난동과
그들이 다른 점이 어디에 있나
조폭 집단에서 살아 남으려면
조폭이 되어야 하기 때문인가

어느 중진 의원의 사퇴변(辭退辯) 또한 가관(可觀)이다
소중한 국회의원 직을 사퇴한다 운운
개인적으로는 국회의원 직이 무척 소중하겠으나
국회의원으로서의 그 본분을 망각한 것이다

국회의원은 모름지기
국민이 맡겨 준 막중한 중책을
더 이상 수행할 수 없어서 라고 해야 할 것이다
중진 의원이 이 정도 수준이라니

국회의원의 특권을 줄여 주어
좀 더 겸허하고 품위 있는 국회가 되도록 해야 한다
내일의 나라 주인 젊은이들이
존경하고 본받을 수 있어야 한다

여기 국민의 소리가 있다
지겹다
지긋지긋하다
보기 싫다
듣기도 싫다
스스로 해산하라

(2009. 7. 난장판 국회를 보고)

아내와 함께

고쳐야 한다

왜적의 침략을 무찌르고
개선한 장군을 모함하여 투옥(投獄)시켰다

다시 침략한 왜적이 있어
이를 무찌르기 위해
투옥 중인 장군을 출전시켜
다시 무찌르게 하고
개선 귀환한 장군을
다시 문책 해임시켰다

또 왜적이 침략이 있어
또 장군을 출전시켜
수많은 전투하게 하고
"내 죽음을 아무에게도 알리지 말라" 외치면서
왜적의 탄환에 전사(戰死)케 했다
그 이순신 장군이 전사(戰死)하지 않았다면
또 모함 받아 수난당했을 것이다

내 편 네 편 끈질기게 싸우는 후예(後裔)가
지금까지 내려와 있다

이쪽이다
저쪽이다
너는 싫다, 결코 싫다
너 죽고, 나도 죽고
끝까지 싸우자, 끝까지

백척간두(百尺竿頭)에 선 나라를 구해 준 은혜는
때려 잡는 대상이 되고
역사상 가장 국가발전에 기여한 공로는
높이 평가하기보다 시기(猜忌)로
때려 잡는 대상이 되고
무위도식(無爲徒食)한 자신은 부끄럽게 생각하기보다
출세하려 들고
무엇이 그리 떳떳한가

서로 이해하고
온후(溫厚)하며
겸허하고
예의 바르며
역지사지(易地思之)하며

남에게 폐(弊) 끼치지 않는 그런 인성(人性)을 바라며

조악(粗惡)한 인성(人性)을
올바르게 가르치고 키워야 한다

여기에
의식개혁의 필요성을
부르짖는 이유가 있다
의식이 개혁되면 행위도 개혁된다
고쳐야 한다

반성의 날

강대국 덕에 일제 식민지에서 벗어나 해방되고
강대국 덕에 나라의 허리가 두 동강 되고
굼벵이도 구르는 재주가 있는데
재주 하나 없이
광복절이라 경축만 해야 하나

용서할 수 없는 일제 식민지
나라 빼앗겨
말 빼앗겨
글 빼앗겨
이름 빼앗겨
풍습 빼앗겨
다시 궐기(蹶起)하지 못하게
정기(精氣) 어린 산정(山頂) 곳곳에 쇠말뚝 박은
악랄한 일제 식민지 잊을 수 있나

8·15 광복 되었다고 태극기 흔들며
기뻐해야 하나
국력이 강했고
국민이 일체 단결했다면

나라 빼앗겼겠나
날 새며 하는 정쟁(政爭) 그만하고
식민지 왜 되었나
왜! 왜! 하며
뼈를 깎는 반성을 해야 한다
밀림의 왕자 사자도 고슴도치에 못 달려드는 교훈이 있다

주변의 강대국들
언제까지 미소짓고 악수만 해 주겠나
쓰라리고 비참한 날 또 당해서는 안 된다
8·15를 반성의 날로 이름부터 바꿔야 한다
우리의 소원은
강하고 빈틈없이 잘 사는 나라 이룩하는 것이다

병무이행 명문가

기억될 날 하나가 또 생겼다.

2009년 6월 19일 병무이행 최고의 명문가로 선정되어 대통령 표창을 받고 격려금도 받은 것이다.

이번에 147개 가문이 명문가로 선정되었는데 그중 가장 높이 평가 받은 것이다. 이는 3대가 병역을 이행하고 가장 많은 사람이 병역 이행자가 있어 심사에서 선발된 것이다.

부친 백린선께서 6·25 한국전쟁에 참전하시어 평양 탈환 작전, 5사단 연대장, 지리산 공비 토벌 등으로 무공훈장 을지와 화랑을 받으시고, 2대인 나는 월남전 참전하여 화랑 무공훈장을 비롯하여 부국훈장 5등 광복장, 4등 삼일장, 3등 천수장을 비롯하여 외국 훈장 4개를 받은 바 있고, 아우 백동준은 군의관, 백동준은 ROTC 1기, 3대인 봉원, 봉철, 봉호, 봉민, 봉석, 봉옥 등 10명의 병역의무자가 100% 병역의무를 이행한 것이다.

이는 모두가 건강하였고 병역 이행에 아무런 문제가 없었으니 행운이 따른 덕택이라 할 수도 있다.

이번 기회가 부친의 공을 널리 소개하고 선양하였다 생각되니 기쁘게 생각된다. 이번에 병무청에서 이 행사를 하는 취지는 이해되는 바가 있다.

어느 때인가 국회의원의 34% 가량이 병역미필자가 있은

적이 있었다. 지금도 고위공직자 중에 병역미필자가 근 20%
된다고 한다. 군에 가고 싶어도 못 가는 사람은 장애자나 신
검 불합격 등 대략 3% 정도가 된다고 한다.

마치 군에 안 갈 수 있음을 자랑으로 생각하는 사회적 풍
토를 시정하는 계기가 되기를 바라는 정부의 의도가 있다고
생각되어 의미 있는 행사라 생각된다.

아버님(백린선)의 국가유공자 증서

3대 가족 10명이 현역으로 복무해 18일 올해 병역 이행 명문가 대상에 선정된 백동림 (가운데)씨가 형제·자녀·조카들과 부친 묘소를 참배하고 있다.

3代가 52년9개월 복무한 '병역 명문가'

서울 백동림씨 가문

3대 가족 중 10명이 52년9개월(633 개월)간 군 복무를 했고 국가유공자도 2명이나 배출한 백동림(73·서울 송파 구)씨 가문이 올해 최고의 병역 이행 명문가로 선정됐다.

병무청은 18일 올해 병역이행 명문 가 대상(대통령 표창)에 백씨 가문을 선정한 것을 비롯해 147가문을 병역 이행 명문가로 뽑았다. 시상식은 19일 오전 11시 이상희 국방장관 등이 참석 한 가운데 서울 세종문화회관 세종홀 에서 열린다. 백동림씨의 아버지인 백 린선씨는 연대장으로 6·25전쟁에 참전 해 평양탈환 등 많은 전투에서 공을 세 웠다. 중령으로 예편한 백린선씨는 정

부로부터 을지무공 훈장을 받았다.

육군사관학교 15기인 백동림씨는 베 트남전에 참전해 화랑무공훈장과 대통 령표창 등을 받았으나 대령으로 전역 한 후 고엽제 후유증으로 고통을 받고 있다. 백씨는 10·26 박정희 대통령 시 해사건 때 계엄사 합동수사본부 수사1 국장으로, 박 대통령을 시해한 김재규 전 중앙정보부장을 수사하기도 했다.

백씨의 장남인 봉원씨는 학군 장교 23기, 차남 봉철씨는 병장으로 군 복무 를 마쳤다.

백씨의 동생 동준씨는 군의관, 또 다 른 동생 동춘씨는 학군장교 1기로 각 각 복무했고, 이들의 자녀도 모두 장교 와 병사로 병역을 마쳤다.

유용원 군사전문기자 bemil@chosun.com

조선일보 2009년 6월 19일 A26

필자의 박사학위 수여식에 참석하신 부모님의 모습(1989년 2월 24일, 건국대학교 대학원)

자신을 간추리는 노년의 정신

젊은 날 열심히 살았던 사람들도 노년이 되면 심신이 위축되면서 삶의 반경이 좁아지게 마련이다. 그러므로 그 시기에 이르기 전에 삶을 재건축하는 계획과 실천이 필요하다. 의지에 따른 삶의 방식은 삶의 성취도에 많은 변화와 차이를 가져올 것이다.

퇴직 후 시간적 여유를 적성에 맞는 취미생활에 쏟음으로써 정서적 안정을 얻고 또 발전시킨다면 문학을 비롯한 전 예술분야에 자아성취를 이루는 기회도 얻게 된다는 것을 주변에서 종종 볼 수 있다. 이번 호에는 문학을 노년의 삶으로 당당히 선택한 한 분을 만났다. 이로써 인생에서 어떤 선택도 늦은 건 없다라는 교훈을 새삼 깨닫는다.

백동림은 〈독백〉, 〈고물차〉, 〈정〉 세 편의 시에 노년의 삶을 실제로 보듯 환하게 그려보이고 있다. 그럼에도 불구하고 세 편에서 노인의 푸념과는 거리를 느끼게 하는 것은 노년의 삶을 다른 사물로 형상화 작업을 통해서 보여주고 있기 때문이다. 또 세 편이 다 다른 배경과 메시지를 줄 뿐 아니라 시에 따른 구성도 조금씩 다른 형식을 통해 표현하고 있고 한편 말의 군더더기가 없는 점도 새로움으로 다가오고 있다.

〈독백〉에서는 늙은 박의 신음을 핏줄에 매달린 새끼박들도 모르는 섭섭함을, 해와 별도 모른다는 상당히 시적인 부분으로 승화시켜서 평범한 내용을 비범하게 표현했다.

〈정〉에서도 오랫동안 아낀 정을 여생에 다 나누어야 한다는 강박관념이 생겼다. 그래서 정을 그냥 '주는 게 아니라 아예 질질 흘리고 다닌다'는 유모어를 보이고 있다. 누구든 필요하면 정을 가져다 용도에 맞게 '햇빛처럼, 그늘처럼 걸치라'고 하면서 정이란 관념을 눈에 보이는 햇빛과 그늘로 대치하는 형상화에 또 한 번 고개를 끄덕이게 된다.

늦지만 착실히 공부하는 모습이 든든하며 늘그막에 마음을 비운, 시 읽기와 쓰기가 삶의 활력과 위안이 되고 다른 노년에게도 힘과 희망이 되기를 바란다. 용기있는 첫 걸음을 진심으로 축하드린다.

심사위원 : 김현숙 · 진을주 · 함홍근

『지구문학』(2009년 가을호) 신인상 시부문 심사평

당선소감

우쭐거리며 오는 장맛비에 한동안 심신이 축처져 있었다.

다시 돌아온 뙤약볕은 뜨겁지만 세상을 환하게 한다. 더구나 배달된 당선통지는 이 나이에도 내가 새 길을 갈 수 있다는 희망과 힘을 실어준다. 어느 길이든 길을 선택하고 노력한다면 '늦은 건 없다' 는 말이 맞다.

「송파문화원」에 발을 들여놓고 쉬엄쉬엄 따라갔는데 어느새 서너 해가 훌쩍 지나 동인들과 문집도 내고 이 자리까지 오게 되었다. 지도해 주신 선생님과 함께 공부한 젊은 동인들에게 먼저 감사드린다.

공부도 공부지만 서로 삶을 나누는 시간이 되었던 것 같다.

꾸준히 이 길을 갈 수 있도록 길을 열어주신 『지구문학』과 심사위원님께 감사드리고, 말없이 지켜본 아내와 가족의 성원이 밑거름이 되었음을 고백한다.

시를 쓰면서 이웃에, 자연에 더 많은 사랑을 나누는 사람이 되며, 여러 선배님이 걸어온 길을 배우면서 따르려 한다.

『지구문학』(2009년 가을호) 신인상 시부문 당선소감

문단에 첫 발을 내디디며

나는 시상(詩想)이 떠오르면 시(詩)랍시고 글을 써왔다.

순수한 아마츄어 수준으로 멋대로 썼다.

지금 시 당선되었다고 하니 두려움이 앞선다.

아마츄어를 탈피하라는 뜻인가, 프로가 되라는 뜻인가?

연소시(年少時)는 서정적(抒情的)인 면에, 중년(中年)에는 세평(世評)에 관심을 가졌었는데 지금은 실버(silber age)인지 골드(gold age)인지 핫 에이지(hot age)인지 헷갈려 혼란 속에 있다.

「송파문화원」의 시창작 동우회에 가입한 후 시 감각을 익히고 배우고 즐기고 있어 그 결과로 좋은 소식을 들은 것 같고, 더불어 문단에 첫 발을 디디게 한 것 같다.

변변치 못한 시를 좋게 심사해 주신 심사위원 여러분과 동우회 회원께 감사드린다.

그리고 가족의 성원이 밑거름이 된 것 같다.

결혼식 모습

제4부 _ 사모곡(思母曲)

어머니와 이야기하는
귀하고 긴 이야기

사모곡(思母曲)
— 어머니, 그때 그렇게 가셔야 했습니까

1 _ 마지막 고통

어머니!
저는 지금 대답 없는 어머니를 다시 한 번 소리 내어 부르고 있습니다.
저는 어린애가 되어 어머니의 옷자락을 붙잡고 울부짖고 있습니다.

어머니!
어머니는 그때 그렇게 기어이 가셔야 했습니까?
홀로
모두를 남겨 놓으시고
아무 말씀도 없이
자식들의 눈물의 만류에도 뿌리치시고
기어이 그렇게 가셔야 했습니까?

83년간의 지겨운 멍에에 지쳐서
견딜 수 없으시어 기어이 그렇게 가셔야 했습니까?

언젠가 세상 떠날 일이 걱정이라고 하셨지요?

죽는다는 것은 조금도 두렵지 않다고 하시면서
그 죽을 일이 걱정이라고 하셨지요
저는 그 뜻을 뒤늦게 알았습니다.

어머니!
중환자실의 고통이 얼마나 힘드셨습니까?
목 가운데에 가래를 제거하기 위한 구멍을 뚫으시고
인정머리라고는 하나도 없는 의사란 녀석들의 거친 진료와
수 없이 찔러대는 주사 바늘이 얼마나 괴로웠습니까?
움직이지 못하는 답답함들을,
세상을 떠나는 마지막 고통을
어머니는 미리 아시고 그렇게 걱정하셨습니까?

어머니는 너무나 많은 고통을 겪으셨습니다.
평생 약하시어 아프지 않은 나날이 없으셨던 어머니가
왜 그렇게도 끝까지 모진 고통과 괴로움을 당하시어야 했
습니까.

2 _ 운명

1996년 6월 12일 수요일 오후 1시 58분.
어머니는 떠나시는 그날, 그 순간을.
어머니는 미리 아시고

중환자실 면회시간에 맞추어
아무런 말도 못하시는 어머니가 不可思議한 힘으로 모두를
부르셨습니다.
저녁에 문병 오시던 아버지도
그날 그 시간에 오시게 했구요
우리 3형제도, 그리고 미국에 있는 막내 딸도
우리 식구 모두를, 빠짐없이 불러 모이게 하셨습니다.

어머니는 눈을 감으신 채로
심장박동을 측정하는 기계의 그래프가
천천히, 천천히 그리고 천천히
일직선으로 쭉— 그어지는 그 순간
어머니는 작별의 말씀을 하셨습니다.
"사랑하는 내 자식들아!" 그리고 말씀을 이어 갔습니다.
"사랑하는 내 자식들아!" 또 한 번 말씀하셨습니다.
그리고
"하늘나라로 먼저 간다" 하셨지요
"하늘나라에서 너희들을 계속 돌보겠노라"고 하셨습니다.

아— 어머니!
저는 지금도 그 음성을 뚜렷이 듣고 있습니다.
저는 지금도 분명 어머니가 제 곁에 계심을 느끼고 있습니다.
제가 하는 일마다, 제가 가는 곳마다,
어머니의 숨결을 느끼고 있습니다.

그리고
저는 그때마다 눈물로 어머니를 부르며 있답니다.

3 _ 어머니는 눈물인가

어머니— 지금 어디 계십니까
어머니는 결코 멀리 가시지 않으셨나 믿습니다
항상 제 곁에 계심을 믿으며 위로 받고 있습니다.
지금도
어머니의 인자하신, 옛날과 다름없는
그 목소리를 들을 수 있어
눈물은 어쩔 수 없이 흐르지만
슬퍼하지 않으렵니다.

어머니!
세상을 떠나시기 전
엉거주춤 더듬거리시며 균형을 못 잡으시는 그 모습을
저는 가슴 에이는 아픔으로 그때 보고 있었습니다.
그 후 늘 어머니를 그리며
어머니의 모습을 보고 있습니다.
순간순간 숨이 멎을 것 같은 가쁜 숨을 쉬면서
눈물과 더불어 수 없이 어머니를 보면서 부르고 있었습니다.
어머니!

눈물 없이는 어머니를 불러 볼 수 없으니 웬일입니까?
저의 눈물이 어머니인가 봅니다.
어머니가 저의 눈물인가 봅니다.

4_마지막 여비

제가 회갑을 맞이하는 날
해외여행 가라고 여비를 주셨지요
제가 돌아오니 그 전날 중환자실에 계셨습니다.
떠날 때 "잘 갔다 오겠다"는 인사말이
마지막 작별 인사가 될 줄을 누가 알았겠습니까?
어머니가 떠나시기 전
친구들이 해외 여행하자고 했습니다.
그때마다 나는 불편한 노모가 계셔 못 간다고 했습니다.

그런데
어머니가 쥐어 주신 여비에,
그곳에 깊은 뜻이 있었음을 모르고
감사한 마음만으로 경솔하게 떠난 것이 후회 막심합니다.
여행에서 돌아오니 어머니는 저를 몰라 보셨습니다.
아무리 불러 봐도,
아무리 어머니를 흔들어 봐도
어머니는 저를 몰라 보셨습니다.

아! 어머니!
왜 저를 몰라 보십니까
왜 저를 몰라 보십니까
아무리 애타게 불러 봐도 어머니는 저를 몰라 보셨습니다.

5 _ 여자의 일생

허약하신 어머니가 그래도 장수하셨다고
사람들은 위로하기도 합니다.
자식이 還甲을 맞는 걸 보셨으니 장수하셨다 합니다.
옛날에는
환갑까지 살았으면 오래 살았다고 잔치했다지요
환갑 맞은 아들 둔 어머니는
오랜 세월을 사셨으니 多福했다지 않았습니까?

환갑 맞은 아들이 오래 살았다고 잔치 床을 받았으니
어머니는 얼마나 큰 잔치 상을 받아야 되나요?
그 잔치 상도 못 차려 드렸으니 얼마나 큰 不孝한 일입니까.
이 不孝를 어떻게 용서 받아야 하나요

길고 긴 오랜 세월,
世上事는 풍파가 많다고 했습니다.
진정 어머니는 모진 세월 보내셨지요

즐거운 날보다 괴로운 날이 더 많으셨고
기쁜 날보다 슬픈 날이 더 많으셨으며
웃는 날보다 우는 날이 더 많던
그런 헤일 수 없는 수많은 날들을 보내셨습니다.
그러면서도
비굴하지도 않으시고
오직 자식 잘 되기를 바라는 일편단심으로 늙으시다 떠나
셨습니다.
모파상의 〈女子의 一生〉의 주인공이 어머니였나요?

6_ 편히 쉬세요

떠나실 때 옛일들을 잊으려고 하셨습니까
이제는 모든 걸 잊어버리시려고
편안한 마음으로 평화를 찾아
가슴 아픈 지난날들을 잊으시려고 일부러 '치매' 인 양 하
셨습니까.
그러나 어머니는 결코 '치매' 가 아니었음을 저는 압니다.

어머니!
지난날들을 모두 잊으려 하지 마세요
잊어서는 안 됩니다.
어머니의 지난날들의 이야기는
이솝의 이야기보다 더 귀하고 귀한 값진 이야기입니다.

그런 이야기를 어떻게 잊을 수가 있습니까.

슬하에 많은 자식들이
그 이야기를 듣고 싶어 합니다.
손자, 중손자, 그리고 또 그 중손자들이 듣고 싶어 합니다.
기쁜 이야기
슬픈 이야기
괴로운 이야기들을
모두가 귀하게 듣고 싶어 합니다.
제가 그 귀하고 긴 이야기를 모두 전하려 합니다.

이젠 어머니는 편히 쉬십시오.

생전의 어머니 모습

어머니와 이야기하는 귀하고 긴 이야기

어머니!
어머니가 겪으신 귀하고 긴 그날들의 이야기를 잊지 않으
셨겠지요?
저도 지금 한 오라기 한 오라기 실타래 풀듯 기억하렵니다

1 _ 극일의 땅 만주

그 옛날,
우리가 滿州에서 살던 일들이 아득한 먼 옛날이군요
우리는 일본놈 치하에서 延吉 龍井이란 곳에서 살았지요
그 후 지금은 長春이라고 불리는
滿州國의 首都였던 新京이라고 하는 곳에서도 살았습니다

그때 저는 그곳 進化街 尋常小學校라는
일본학교에 다녔습니다 한국인 학교가 없었습니다
일본 아이들로부터 '조센징'이라고 놀림 받기도 하고
그 애들과 수없이 싸우기도 하며 지냈습니다

그때 아버지와 어머니는 일본놈들을 기어코 이기셨습니다

아버지가 일본놈들을 제치고 高等考試에 합격했으니깐요
이 얼마나 자랑스러운 成功談이었습니까.
도산 안창호 선생의 오산중학교 후배의 위업이라 했습니다

어머니!
아버지의 성공은 어머니의 노력의 結晶임을
우리는 잘 알고 있습니다.
아버지가 시험준비할 때면
마치 지금의 高3 학생을 공부시키듯
어머니는 아버지를 독려했었습니다
아버지가 일본의 고등관이 되신 후,
龍井에 부임하시어
우리집은 일본놈 경찰들이 보초를 서주고
雙頭馬車를 타고 다녔으니
이 얼마나 통쾌한 일이었습니까
저는 그때 한국인학교 大和小學校 3학년에 다녔습니다.

2_ 8·15 광복과 함께 닥친 시련

8·15 광복을 맞아 우리집에 새로운 시련이 닥쳤습니다
그 시련은 아버지가 체포됨으로써 시작되었지요
親日派라는 죄명이었습니다
아버지는 당신이 친일파가 아니라

항일투쟁을 뒷바라지한 극일파라고 항변했습니다만
소용이 없었습니다
어머니가 안절부절 애태우시던 그 모습
지금도 잊을 수가 없습니다

아버지가 갇힌 감옥과,
그곳 주둔 八路軍 사령부와 그 부대 군인들에 애원하며
지푸라기라도 잡으려는 필사의 구명운동은
연약하고 조그마한 어머니에게 얼마나 큰 고통이었습니까
끝내 어머니는 아버지를 석방시키셨습니다

3 _ 두만강의 물결

아버지가 감옥에서 나오시자마자 우리는 숨 가쁘게
韓滿 國境을 넘어
우리나라 땅으로 도망쳐 온 일도 잊지 않으셨겠지요

어머니!
그런데 그때 그런 용기가 어디서 나셨습니까
무작정 두만강에 몸을 던지셨지요
머리끝까지 찰랑거리는 강물에
껑충껑충 물놀이하듯이
물살을 헤쳐 나간 것을 기억하시지요

어머니는 山賊 같은
햇빛에 그슬린 시커먼 덩치가 큰 漁夫의 손을 잡고
저는 그의 등에 업히고
저 등에 아우가 겹쳐 업히어
둘째 아우는 그의 앞에 안겨서
한 번 뛰어 숨 쉬고, 한 번 숨 쉬고 뛰며
그러다가 물에 머리까지 퐁당 잠기기를 수없이 하며
찰랑찰랑 흐르는 물 소리에 맞추어
두만강을 건넜던 일들을 어찌 잊을 수가 있겠습니까

그 후 우리는 비로소 처음 낯설은 우리나라 땅을 밟았습니다
산기슭 그 漁夫의 초가집에서
그 漁夫의 부인이 정성들여 지어 준 호롱불 밑의 흰 쌀밥
귀국 환영만찬치곤 대단한 맛이었음을 지금도 기억합니다
모두가 꿈만 같은 일들이었습니다

4 _ 조국에서

어머니!
그리고 우리가 정착한 곳이 함경북도 淸津이었답니다
그곳에서
아버지는 자전거 타고 우유 배달하시고
우리는 둘러앉아 우유병을 씻는 일이 퍽 즐거웠습니다

저는 약하고 약하신 어머니를 돕는다는 것이 즐거워서
한 말들이 물 양동이를 두 손에 하나씩 들고 낑낑거리며
신나서 물을 길러대던 일들을 기억하면 지금도 즐겁습니다

저는 그곳에서 처음 바다 구경을 했습니다
그리고 처음 해수욕도 했습니다
넓고 하얀 청진의 해수욕장은
아름다운 한 폭의 그림이었음을 기억합니다
거대한 파도에 휩싸이기도 하고
조갑지도 잡아 보고 모래사장에 뒹굴기도 했습니다

어머니!
그런데 우리는 그곳에서도 못 견디어
그 원수 같은 공산당 놈들의 눈을 또 피하여
北鏡城으로 피신한 것도 기억하시지요

저는 철없이 놀던 그곳엔 즐거운 기억만 남아있습니다
저는 처음 시골생활을 맛 보았으니깐요
山 좋고 물 좋기로 널리 알려진 그곳,
소 목장에서 즐겁게 노니는 송아지를
하염없이 바라보기도 하고
소죽을 먹이기도 하고,
소가 반추하는 모습도 처음 보고
새 송아지가 태어나는 모습을 보고 신비로워 했습니다

때로는 산에 올라 땔감 나무 한 짐 등에 지고 오기도 하고
우람한 나무를 도끼로 찍어
쓰러지는 큰 나무의 마지막 비명의 요란스러운 산울림이
무섭기도 하고, 애처롭게 느끼기도 했던 그 시절
해맑은 시골 아이들의 그 순박함도 잊을 수가 없습니다
그때 저는 北鏡城小學校 4학년에 다녔습니다
그곳에서 막내 順姬가 태어났지요

5_ 심야의 탈주

우리는 그 후 영원이 정착할 땅을 찾아 나섰습니다
남쪽으로 越南하기 위하여
黃海道 海州로 갔던 기억이 있습니다
아버지는 요양차 오신 肺病 환자가 되셨고
어머니는 화장품 장사한다고 그럴싸한 구실을 붙이시고
定着을 가장하기 위하여 저는 海州小學校로 전학했었습니다

어느날 해주의 해변은 왜 그리도 어두웠습니까
비가 내리며 칠흑 같은 어두운 밤에
앞 사람의 옷자락을 잡고 따라가야만 했습니다
작은 漁船 밑바닥칸에 기어들어가
열댓명의 일행과 같이 몸 비벼가며
쪼그려 앉아 숨어 있었습니다

어머니!
그때 큰 비극이 생길 뻔했던 일을 기억하시지요
갓난아기 順姬를 질식시킬 뻔했던 일 말입니다
멀리 파도 소리만 들리는 적막한 밤중에
막내가 큰 소리로 울어대서
모두가 발각될 것 같아 애기 입을 막무가내로 막았으니깐요

얼마 후 뱃전을 두드리는 파도 소리와 함께
船上의 어부가 큰 소리로 고함을 질렀습니다
'모두들 나와도 됩니다'
'38선을 통과했습니다'
'드디어 남쪽으로 왔습니다'
우리는 모두 배 위로 올라와서
'와!' 하고 함성을 질렀습니다
동이 트는 새벽에 찬 바다 바람이
그때는 왜 그리도 포근했습니까
누군가 울먹이는 소리를 크게 질렀습니다
'이젠 우리는 살았다'
'대한민국 만세!'

6_ 남한에 정착

남한에서 우리를 첫 맞이한 곳이 개성 피난민 수용소였습니다

경찰관이란 용어와 헌병이란 용어가
일본놈들의 용어인 줄 알았는데 그대로 사용하고 있었고
또 미군이 왱래하는 것을 보고
새로운 세상에 왔음을 새롭게 느끼기도 했습니다

그곳의 식사는 기상천외한 것이었습니다
납작하여 너댓 숟갈 밖에 담을 수 없는 그런 흰 접시에
옥수수 죽을 엷게 깔아 줌으로써 너무도 부족하여
밑바닥까지 개같이 핥아 먹었던 기억도 있습니다

우리는 그곳에서 너무나 많은 월남 피난민들을 만났습니다
오늘날의 離散家族들의 비극의 산실이 바로 그곳이었습니다

우리는 며칠 후 서울 서소문동에 정착했었습니다
아버지 후배 집이라고 하는
일본식 집 여섯 개의 '다다미' 방에서 여섯 식구가 지냈습니다
그곳의 한겨울의 난방은 숯불 화로였습니다
숯불 화로에서 뿜어나오는 가스는 우리를 수없이 중독시켜
온 가족이 김치 국물을 마시며 고통을 받던 지난 일들을
어찌 잊을 수가 있습니까

저는 그곳에서 잊을 수 없는 추억이 하나 있습니다
저는 제 몸 만한 5관짜리 '숯덩이 짐' 을 혼자 사서
등에 메고 집에 와서 마치 개선장군같이 어머니를 불러대며

괜히 신이 나 씩씩거리던 일들이 있었으니깐요
그때 저는 남대문초등학교 5학년에 편입학했었습니다

학교에서는 이북 사투리를 쓴다고 놀림 받기도 하고
노래시간에 남쪽 노래 아는 것이 없어
어머니가 즐겨 부르시던 유행가,
김정구의 '눈물 젖은 두만강' 을 불렀습니다
'두만강 푸른 물에 노젓는 뱃사공~~
그리운 내 님이여~ 언제나 오려~오나'
뜻도 모르면서 구슬프게 소리 높여 불렀습니다
선생님과 전 학생을 폭소토록 했습니다
수십년이 지난 지금도
그때의 동창생들을 만나면 그 이야기를 한답니다

7 _ 6·25의 고통

어머니!
그리고 우리 민족의 대환란인 6·25를 어찌 잊으시겠습니까
저는 서울중학교 2학년이었습니다

북괴군이 남침하자 군인인 아버지는 戰線에 나가셨고
우리집은 군인가족이라 반동으로 낙인 찍혀
공산당 청년동맹 사무실로 징발되었습니다

　이때 만주에서 가지고 온 귀한 사진첩과 집안 살림은 모두
없어졌습니다

　연약하고 자그마한 어머니는
　태산이 무너지는 한숨을 쉬시며
　오갈 데 없이 된 우리 4남매를 羊몰이하듯 이끌고
　남들의 눈을 피해 왕십리 거지굴로 갔었지요
　그곳에서 우리는 거지생활의 경험도 했습니다
　거적때기를 깔고 자기도 하고
　돌을 받쳐 땔감을 주워다 밥을 지어 먹기도 했습니다
　그때는 그런 사람들이 많아 비참하게 느끼지 않고 지냈습
니다
　거지들은 피난민에 밀려 하나도 없었습니다
　참 별일도 다 있었지요

　그리고 어머니!
　우리는 거지굴에서도 못 견디어 도망하게 되어
　성분 조사한다나요
　경기도 廣州에 있는 甘味里라는
　외지고 한적한 시골로 피신했었지요
　그곳에서 우리는 전형적인 시골생활의 맛을 보았습니다
　깻잎도 먹어 보고 콩잎과 호박잎도 처음 먹어 보았습니다
　그리고 시골 아이들과 어울려 참외서리도 해보았습니다
　어쩌면 저에겐 우리 나라의 토속적인 진한 맛을

볼 수 있었던 매우 유익한 경험이었던 것 같았습니다

8 _ 방산시장의 장사치

어머니!
먹고 살아야 하는 절박함이 닥쳤지요
저는 을지로 4가에 있는 방산시장에서 담배장사를 했습니다
공작담배, 백양담배, 화랑담배, 아리랑담배 등
많은 종류의 담배를
질이 좋고, 나쁜 구분을
저는 눈으로 보고 냄새로 구별할 수 있는 식별 전문가였습니다

'꽈배기 사려! 꽈배기 사려!'
저는 또 꽈배기 장사도 했습니다
골목 골목 누비며 꽈배기 호객장사를 하느라고
저는 변성기를 남들보다 빨리 맞았다고 합니다

저는 제가 파는 그 꽈배기가 하도 먹고 싶어서
꽈배기의 앞뒤 끝을 조금씩 잘라 먹어 반쪽 된 꽈배기를 팔아
손님으로부터 핀잔을 맞기도 했습니다

뿐만 아니라
끼니가 없어 비지떡으로 허기를 채우기도 하고
생밀을 삶아 먹기도 하고
그것마저 떨어져
며칠을 굶던 일도 잊을 수 없습니다

어머니!
먹을 것 떨어져
以北 가면 공짜로 먹여준다는 공산당 감언에
'이북 갈까' 하시기도 하셨지요
어머니는 우리 자식들이 굶을까 봐 얼마나 걱정하셨습니까

9 _ 감격의 9·28

지금은 어머니보다 먼저 고인이 되신
해병대 소위로 인천상륙작전에 참전하셨던
외삼촌이 보낸 쌀과 軍야전용 C-ration을
굶주린 배로 마구 먹어치워
우리 형제가 거동을 못해 주저앉아 꼼짝 못했던

그런 웃지 못할 일들도 잊을 수 없습니다
그때 9·28이 없었다면 우리는 굶어 죽었을지도 모르지요

어머니!
저는 지금은 장충체육관이 된 장충단 고개 언덕에서
아군이 진격하고 북괴군이 허겁지겁 도망가는 모습을
우리집 옆에 있던 동굴에 숨어서
영화의 한 장면을 보듯 흥미롭게 보았습니다

어머니는 행군 대형으로 진군하고 들어오는 국군과 미군을
마구 끌어 안고
감격에 넘쳐 흐느껴 통곡하시던 어머니의 그 모습을
지금도 잊을 수가 없습니다

그때 저는 학교에서 登校하라는 연락을 받았습니다
학교엔 미군과 호주군이 주둔하였었는데
이들이 혼란스럽게 마구 쏘아대는 유탄에
천진난만하게 앞니를 내놓고
친구들과 함께 웃고 있던 저는
앞 이빨 한 대를 맞았었습니다
지금도 그 자리는 이빨이 없답니다
마취제도 없이 여섯 토막의 이빨조각을 후벼 빼냈으니
얼마나 고통이 심했겠습니까
그때 만일 웃지 않았다면 입술이 없어졌겠지요

10 _ 부산, 대구, 청주, 광주, 서울

어머니!
그리고 1·4후퇴도 잊지 않으셨겠지요
우리는 6·25때 너무도 혼이 났던 터에
중공군이 참전하여 평양에 쳐들어 왔다는 소식만을 듣고
12월 4일 피난민 중 가장 빨리 부산으로 피난갔었습니다
부산 아미동에 도착하여
십여 세대가 한 데 어울려 살 수 있는
여관 같은 집이었습니다
밥때가 되면 조그만 풍로에 방방마다 밥을 지어 먹느라고
사뭇 소란스러웠습니다

그때 우리는 우리 가족 5명과

후에 피난 온 다른 가족 6명의 가족과 도합 11명이
단칸방에서 밤이면 머리를 반대편에 두고
다리를 포개어 자며 지내던 일들도
어떻게 잊을 수가 있습니까
지금은 고생의 기억보다 낭만 추억으로 남아있습니다

어머니!
우리 가족은 군인인 아버지를 따라
대구 동인동을 거쳐 다시 하동으로 이사갔었습니다
그곳에서도 잊을 수 없는 기억이 하나 있습니다
우리는 인분으로 재배한 생배추를
그대로 간장에 무쳐 먹음으로써
심한 菜毒에 걸려 신음한 기억이 있습니다

저는 그때 영남중학교 2학년에 다녔습니다
그 학교는 마라톤이 학교전통이라 하여
한 달에 한 번씩 풀코스 마라톤을 전교생이 뛰었습니다
저는 매번 10등 이내의 실력을 발휘한 기억도 있습니다

그 학교에서 저는 처음 경상도 사투리를 들었습니다
어느날 幾何時間이었습니다
진한 경상도 사투리를 쓰는 그 선생의 강의는
지금도 기억에 남아있습니다
'이것과 이것은 닮은꼴이지 그쟈? 안 그러나 그쟈? 참말로

그쟈?'
   '이 角은 직각이쟈 그쟈? 안 그러나 그쟈? 참말로 그쟈?
   저는 '안 그러나 그쟈? 참말로 그쟈?' 란 말을
   50분 1시간에 95번을 세고 있었으니
   배운 것은 數 세는 것밖에 없었습니다

   그러다 저는 대구에 신설된 서울 피난민 연합중고등학교로
   전학하여 중3과 고1을 다녔습니다
   서울고등학교 재학생으로 위탁교육 받는 형식이었습니다
   저는 그곳에서 모범생으로 규율부장도 하고
   성적도 좋아 좋은 추억을 가지고 있습니다

   그러다가 아버지를 따라 청주고등학교로 전학갔었습니다
   청주는 교육도시이며 충청도 사람들은 양반이고
   점잖은 사람으로 알려져 있는데
   놀란 것은 운동시합만 하면 학교별 패싸움을 하는 것이었습
니다
   청주고등학교 대 청주농업고등학교,
   청주 소재 학교 대 대전 소재 학교와의 운동시합은
   항상 학교 대항 패싸움이 벌어졌고
   이를 구경하는 것이 운동시합보다 더한 재미였습니다

   저는 6개월 후 아버지를 따라 광주고등학교 2학년에 진학하
였습니다

전학하자마자 기말시험을 보느라고 혼이 났었습니다

그러나 그곳에서 2학년으로서 陸軍士官學校에 응시하여 합
격하였습니다

학교에서 합격사실을 교내 방송함으로써 널리 알려지기도
하였습니다

저는 잠재 실력이 과시되었다고 자만하기도 했습니다

그러나 그 합격은 학년 미달이라는 이유로 불합격 처리되어

鎭海에서 귀향조치를 당하여 울면서 항의한 기억도 생생합
니다

귀향조치 전에 합격을 인정하는 합격통보서를 받고 귀향
여비까지 받아

내년에 우선 조치한다는 언질을 받고

희망을 안고 귀가하며 즐거워 했던 추억도 있습니다

대구 피난민 연합학교 재학시절

광주고등학교 재학시절

광주고등학교 재학시절

대구 피난민 연합학교 재학시절(서울고 동창)

광주고등학교 재학시절

11 _ 세 번째의 합격 육군사관학교 15기

저는 그 이듬해 다시 육사에 응시하여 합격하였습니다
그러니깐 육사에 고1년부터 연 3년 시험 끝에
3수로 합격했으니 얼마나 귀한 합격이었습니까

어머니!
저는 초등학교 6군데
중학교 3군데
고등학교 3군데
두 군데의 國境을 넘나들면서도
낙오 한 번 없이
다른 학생에 크게 떨어짐도 없이
착실한 학생으로 성장한 것은 어머니의 깊은 은덕이었습니다

제가 陸士에 입학한 해가 1955년이었습니다
6·25戰爭 후 얼마 안 된 때라
육사가 왜 그리도 좋아보였습니까
짧은 창 달린 교모에
단정한 복장으로 가장 이상적인 청년의 모습
그 모습이 선망의 대상이었습니다
국비의 교육비와
월급도 주고, 옷도 주고, 최고의 대우를 받으며
졸업 후 장교로 임관되어 직업도 보장되고

연륜에 따라 승진하는 멋 있는 장교를 키우는 학교
영화에서 볼 수 있는 씩씩하고 멋있는 그런 장교를 키우는
학교
육사가 그리 좋아보였습니다
어머니!
육사 1학년 때는 1년간 외출이 없었습니다
그때 어머니는 면회가 허용되는 매주 일요일이면
비가 오나 눈이 오나 한 주일도 빠짐없이 면회 오셨습니다
제가 좋아한다는 송편을 직접 빚어가지고 아버지와 같이 오
셨습니다
학교에서 별난 어머니로 소문났었고
아무튼 생도들이 부러워했습니다

그 후 건국대학교 대학원에서 공부를 계속하여
행정학 박사가 되어
대학 강단에서 강의하며 대학생을 교육시키기도 하였습니다
그 외 몇 곳 기업체의 대표로 일하기도 했습니다

어머니!
저는 어느덧 일흔이 넘어 경로우대를 받는 노인이 되었습니다
그러나 어머니 앞에서는 한 없이 작아지고
어머니가 더욱 그리워집니다
아마도 어머니의 기대에 못 미쳐서 그런가 봅니다

육군사관학교 4학년 7CO장 시절

12 _ 필연(必然)의 전역(轉役)

어머니!
저는 육사생도로서도 모범생이었습니다
전교 생도 대상 훈육관, 동급생, 후배가 입체로 평가하는
적성평가(適性評價)에서 일등을 했으니깐요
가장 모범생이 할 수 있는
신입생 교육을 책임지는
신입생교육대대 대대장을 하였습니다
생도들의 선망의 대상이 되는
명예의원회 의원장생도도 하였고
그 외 여러 가지 간부생도로 역할을 많이 하였습니다

장교로 임관된 후에도 가는 곳마다
우수한 장교로 인정받았다 자부합니다
특히 역사상 큰 업적이 된 일들을 몇몇 처리하였습니다
그때의 일들을 '멍청한 군상들' 이라는 책으로
발간하여 남겨 놓았습니다
그 책이 대법원에서 영구보존 책자로 채택되었답니다

　그 후 정권을 잡은 사람들에 의해서 자기의 죄를 조사하였
다 하여 군을 떠나게 되었습니다
　그들의 죄는 후에 다시 조사 받아 감옥으로 보내졌습니다
　저는 그야말로 자랑스러운 장교생활을 오랜 동안 하였습
니다

전역시 모습

전역시 모습

대령으로 전역한 후 첫 민간인으로의 직장인
한국관광공사에 부임하여
이사, 기획관리 본부장 등으로 보람 있게 일했습니다
그곳에서 국제회의에 참가하는 기회를 가졌고
또한 세계 60여개국의 여러 나라를 여행하며
견문을 넓히는 기회가 되었습니다

13 _ 어머니의 자랑

어머니!
어머니는 아들 셋과 딸 하나를 남부럽지 않게 키우셨습니다

육사 생도 시절

　박사로, 의사로, 굴지의 기업인으로, 국제적 화가겸 교육자
로 키우셨으니
　자랑하고 다녀야 할 자격이 있습니다
　그리고 어머니는 모든 사람들로부터 축하를 받아야 합니다

어머니!
자식자랑 다시 한 번 더 해 보세요
둘째 아들 東俊이는 서울대 치대를 졸업하고
미국의 유명한 콜롬비아대학에서 5년간 齒醫學 유학하고
유명한 小兒齒科 專問醫 치과박사로 키우셨고
셋째 아들 東春이는 말단 직원으로부터 시작하여
대재벌 기업의 부사장과 사장으로
입지적인 굴지의 기업인으로 키우셨고

막내 딸 順姬는 어머니가 가장 마음 아프게 여겼지만
미국인고등학교에서 미국인 학생을 가르치는 미술선생이며
미국미술가협회 정회원으로
미국에서 널리 인정받는 미술가로 키우셨으니
남들이 어머니를 부러워함이 당연합니다

어머니는 자식들이 자랑스럽지요
저희 자식들은 어머니가 자랑스럽습니다
저희들은 하늘같이 넓고 바다 같이 깊다고들 하는
어머니의 은덕을 어찌 잊을 수가 있겠습니까

살아계실 때
즐겁게 해드리지 못했고
좋은 옷, 좋은 음식 제대로 대접도 못해 드리고
근심과 걱정만 끼쳐 드려 항상 마음 아파 합니다
어머니란 말 한 마디만 떠올라도
눈물이 앞서는 이유가 바로 그 때문인가 봅니다

14_ 뵙고 싶습니다

어머니!
아직 귀하고 긴 이야기가 더 많이 있지 않습니까
 제가 우리 자손들,

손자 그리고 그 손자들에게
어머니가 항상 말씀하시던 그 말씀
'남에게 폐 끼치는 일을 하지 말고'
'남에게 의지하거나 남에게 짐이 되는 일을 하지 말고'
'성실히 살 것' 도 잊지 않고 전하렵니다
그리고 이 귀하고 긴 이야기들과
또 다하지 못한 이야기를 잊지 않고 전하렵니다

그런데 어머니!
예수님처럼 잠시라도 부활하서 뵈올 수 없을까요
어머니! 뵙고 싶습니다

가족 사진(1972년)

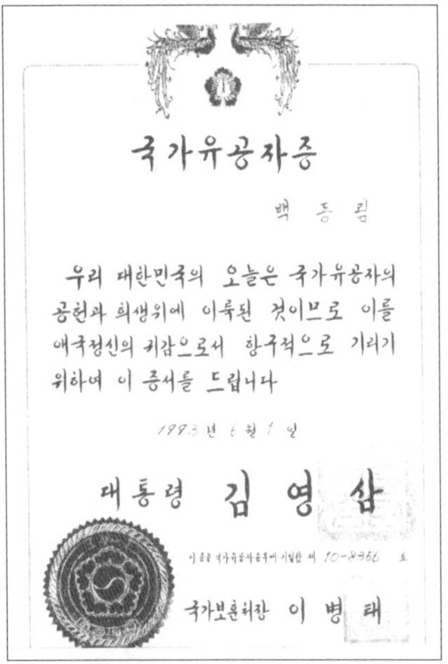

무공훈장, 화장훈장, 보국훈장(천수장, 삼군장, 5등) 대통령 표창 4회, 외국훈장 4회

대령으로 전역

1989년 행정학 박사 수여식

전보안사베테랑수사관의
자전적수사실화

멍청한 군상들
백동림 지음
박정희 대통령 시해 사건, 12·12사건,
하나회와 윤필용 사건, 동백림 사건,
김신조 사건 등 국내 굴지의 사건을 다룬
수사관의 수사일지
도서출판 답게

저서(1994년)

미정보학교 7개국 장교와 함께 교육받으며

시인 백림 연보

본명 : 백동림(白東林, 행정학 박사)
原籍 : 平北 定州 大田面 雲田洞
移籍 : 咸北 淸津 龍鄕洞(日帝下)
本籍 : 서울 中區 獎忠洞
滿洲 延吉 出生

▶ 초등학교
• 만주(일본인학교), 수상소학교(壽常小學校)
• 연길, 대화소학교(大和小學校)
• 함북 청진, 대동소학교
• 함북 북경성, 북경성소학교
• 황해도, 해주소학교
• 서울, 남대문초등학교

▶ 중학교
• 서울, 서울중학교
• 대구, 영남중학교(서울학생 위탁)
• 대구, 서울피난민연합중학교

▶ 고등학교
• 대구, 서울피난민연합고등학교
• 충북 청주, 청주고등학교(서울학생위탁)
• 전남 광주, 광주고등학교

▶ 군사학교

• 육군사관학교(15기)
• 육군대학
• 美 육군군사정보학교
• 육군범죄연구소 거짓말 탐지기과정 수료

▶ 대학원

• 연세대학교 행정대학원(행정학 석사)
• 연세대학교 행정대학원 고위경영자과정 수료
• 건국대학교 대학원(행정학 박사)
• 건국대학교 정치대학 강사
• 경기대학교, 서울시립대학 초빙강사

▶ 군사경력

• 12사단－소대장, 중대장, 대대 작전장교
• 국군보안사령부 수사계장, 수사과장, 조사과장, 감사과장
• 사단, 군단, 경남, 부산지구 보안부대장
• 계엄사령부 수사 1국장
• 대령으로 전역
• 월남(越南) 참전(參戰)

▶ 민간경력

• 한국관광공사 이사, 기획관리본부장
• 경제기획원 제7차 경제사회발전 5개년계획 기획위원
• 군납수출조합 상근 부이사장

- 대경통운, 천양운수 대표이사 회장
- 우경물산 회장

▶ 사회활동
- 한국국민의식연구소 소장
- 바르게살기운동 서울특별시협의회 수석부회장
- 서울시민신문 명예논설위원
- 자랑스러운 서울시민상 심사위원

▶ 월경(越境)
- 한만(韓滿), 국경(國境)
- 38선(線)

▶ 저서
- 《멍청한 군상들》(1994, 답게)
- 시인(詩人) 등단(登壇)—『지구문학』(2009, 가을) 신인상
- 동인회 시집 연재

▶ 수상
- 무공훈장—화랑훈장
- 보국훈장—천수장, 삼일장, 광복장
- 대통령표창—4회
- 국가유공자—고엽제 중등도 환자
- 병무이행명문가 선정(대통령표창)
- 詩 新人賞 수상—지구문학

백림 자전적 시집

기적이 흐르는 삶

·

지은이 / 백동림
펴낸이 / 김재엽
펴낸곳 / **한누리미디어**
디자인 / 지선숙

·

121-840, 서울시 마포구 서교동 395-13 서원빌딩 2층
전화 / (02)379-4514, 379-4519
Fax / (02)379-4516
E-mail/hannury2003@hanmail.net

·

신고번호 / 제300-2006-61호
등록일 / 1993. 11. 4

·

초판발행일 / 2010년 1월 11일

·

ⓒ 2010 백림 Printed in KOREA

·

값 7,000원

·

※잘못된 책은 바꿔드립니다.

·

ISBN 978-89-7969-361-4   03810